ück, dann du

AF721529

Erst ich ein Stück, dann du

Patricia Schröder

Flaffy Flitzekeks

Ein Gespenst sorgt für Wirbel

Erst ich ein Stück, dann du

Flaffy Flitzekeks
Ein Gespenst sorgt für Wirbel

Patricia Schröder

Mit Illustrationen von Lisa Brenner

cbj

Der Verlag behält sich die Verwertung der urheberrechtlich geschützten Inhalte dieses Werkes für Zwecke des Text- und Data-Minings nach § 44b UrhG ausdrücklich vor.
Jegliche unbefugte Nutzung ist hiermit ausgeschlossen.

FSC
www.fsc.org
MIX
Papier | Fördert gute Waldnutzung
FSC® C010328

Penguin Random House Verlagsgruppe
FSC® N001967

6. Auflage
© 2017 cbj Kinder- und Jugendbuchverlag in der Penguin Random House Verlagsgruppe GmbH,
Neumarkter Straße 28, 81673 München
produktsicherheit@penguinrandomhouse.de
(Vorstehende Angaben sind zugleich Pflichtinformationen nach GPSR.)

Alle Rechte vorbehalten
Buchidee und Konzept: Patricia Schröder
Umschlagbild und Innenillustrationen: Lisa Brenner
Umschlagkonzeption: Anette Beckmann, Berlin
cl · Herstellung: UK
Satz: dtp im Verlag/UK
Reproduktion: Lorenz+Zeller GmbH, Inning a. A.
Druck: Alföldi Druckerei AG, Debrecen
ISBN 978-3-570-17378-7
Printed in Hungary

www.cbj-verlag.de

Inhalt

Auf zu Tante Lorelai

„Ich will nicht zu dieser komischen Tante“, mault Jannis, während er geräuschvoll ein paar schwarze Steine aus seiner Legokiste kramt und sie in einer schnurgeraden Linie auf die große graue Platte setzt. „Ich muss jetzt nämlich meine Roboterstadt aufbauen.“

„Klar. DU MUSST.“ Alina verdreht stöhnend die Augen. „Weil Papa dich dazu gezwungen hat, oder was?“

„Quatsch“, brummt Jannis. „Das habe ich mit Kevin verabredet. Wer die coolste baut, gewinnt.“

„Ach! Und was?“, fragt Alina, die anders als ihr Zwillingsbruder, der noch immer im Schlafanzug herumturnt, bereits fix und fertig angezogen ist.

„Eine Übernachtung“, erwidert Jannis knapp.

Er rutscht auf den Knien um die Legoplatte herum und betrachtet die schwarze Steinlinie von allen Seiten.

„Eine Übernachtung?“ Alina guckt genervt. „Oh Mann! Hoffentlich nicht schon wieder bei uns!“

Mit Jannis und Kevin im selben Zimmer schlafen zu müssen, bedeutet nämlich, dass man mitten in der Nacht auf ein Piratenschiff verschleppt oder ins Weltall katapultiert wird. Und darauf kann Alina nun

wirklich gut verzichten! Nie wieder will sie mit einem abgebrochenen Säbel oder einem ramponierten Laserschwert um ihr Leben kämpfen!

„Doch nicht bei uns“, sagt Jannis.
„Sondern auf einem Friedhof.“
Alina macht ganz große Augen.
„Du spinnst ja“, erwidert sie
und tippt sich an die Stirn.
„Das ist doch kein Gewinn!
Das ist mega gruselig!“

„Eben darum“, sagt Jannis und zieht ratzfatz einen Turm aus laserstrahlundurchlässigen Glassteinen neben der schwarzen Linie hoch. „Wer den coolsten Roboterpark baut, hat starke Freunde und muss sich vor nix und niemandem fürchten“, erklärt er. „Nicht mal vor einem Friedhofsgeist.“

„Du bist echt total plemplem!“, entgegnet Alina, und jetzt tippt sie sich mit beiden Zeigefingern beinahe zwei Dellen in die Stirn. „Das erlauben Mama und Papa dir bestimmt nicht.“

„Die brauchen es ja nicht zu wissen“, gibt Jannis zurück. Er wirft seiner Schwester einen warnenden Blick zu. „Und wehe, du petzt!“

„Das klappt sowieso nicht“, meint Alina kopfschüttelnd. „Ihr pieselt euch doch vor Angst in die Hose.“

„Wetten nicht?“, brummt Jannis.

„Wetten doch?“, hält Alina halbherzig dagegen.

Ihretwegen soll Jannis so oft mit seinem Kumpel Kevin auf dem Friedhof übernachten, wie er lustig ist. Sie hat im Moment ganz andere Probleme. Alina kann sich nämlich – verflixt-verfluxt-verflaxt noch mal! – partout nicht entscheiden, welches Stofftier sie mit auf die Reise nehmen soll:

Bimba, die lila Giraffe,
Socke, die grüne Schildkröte
oder Elmar, den schneeweißen Eisbären.
Alina hat alle drei gleich lieb.

„Mach doch ene, Mene, muh“, schlägt Jannis vor.
„Und raus bist du“, sagt Papa, der in diesem Moment seinen Kopf durch die Tür steckt. „Zumindest, wenn du deinen Hintern nicht endlich von der Pyjamahose in deine Jeans schwingst“, fügt er hinzu und deutet auf die Anziehsachen, die auf dem Stuhl neben dem Kleiderschrank für Jannis bereitliegen.
„Haha“, lacht Alina laut heraus. „Den Hintern schwingen! Das ist witzig. Hihihi.“
„Witzig … soso …“ Ihr Vater mustert sie mit gespielt ernstem Blick.
„Bist du denn schon frühstücksbereit?“

„Nö“, antwortet Alina.
„Aber ich esse sowieso nichts.
Ich bin nämlich viel zu aufgeregt.“

Noch nie, im ganzen Leben nicht, haben sie und Jannis die Herbstferien allein bei Tante Lorelai verbracht. Um genau zu sein: Bis vor ein paar Tagen haben die Zwillinge ja nicht einmal gewusst, dass es diese Tante mit dem ulkigen Namen überhaupt gibt.
„Eigentlich ist sie gar keine richtige Tante“, sagt Sabine Herold, ihre Mutter, als sie eine gute halbe Stunde später zusammen mit ihrem Vater und Elmar, dem Eisbären, im Auto sitzen. „Jedenfalls ist sie nicht mit uns verwandt.“

„Und wieso heißt sie dann Tante?“, fragt Jannis.
„Mann, sie heißt doch nicht so!“, pflaumt Alina ihn an. „Sondern Lore-la-hai!“
„Weiß ich doch“, knurrt Jannis mit zusammengebissenen Zähnen.
„Na, das kann ja eine amüsante Reise werden“, sagt seine Mutter.
Sie zwinkert ihrem Mann zu, der auf dem Beifahrersitz Platz genommen hat und die Straßenkarte studiert. „Wenn die beiden jetzt schon streiten!“
Bernd Herold, Jannis‘ und Alinas Vater, wedelt mit der Hand durch die Luft, so als wollte er eine unsichtbare Fliege vertreiben.
„Ach, das tun sie doch nur, um davon abzulenken, dass sie sich fürchten“, erwidert er.

„Pfff!“, macht Alina. „Wovor denn?“
„Na, vor Tante Lorelai natürlich“, antwortet ihr Vater. „Ich glaube nämlich, sie ist euch ein bisschen unheimlich.“
Jannis schnaubt durch die Nase.
„Also, ich habe keine Angst vor ihr“, behauptet er.

„Ich auch nicht“, bekräftigt Alina. „Ich kenne Tante Lorelai ja nicht mal!“
„Dann sollte ich euch besser doch noch ein wenig über sie erzählen“, meint ihre Mutter. „Wir haben sie nämlich früher schon so genannt … euer Onkel Robert und ich, als wir noch Kinder waren.“
„Was?“, stößt Jannis hervor. „Die ist schon sooo alt?“
„Mindestens“, sagt sein Vater. Er faltet die Straßenkarte zusammen und verstaut sie im Handschuhfach.
„Ist sie vielleicht eine Schwester von Oma Grete?“, fragt Alina.
„Quatsch“, sagt Jannis. „Dann wär sie doch mit uns verwandt.“

„Stimmt.“ Alina nickt und kaut nachdenklich auf ihrer Unterlippe herum. „Aber sie könnte eine Freundin von Oma Grete sein“, meint sie schließlich. „Hab ich recht, Mama? Ist sie das?“
„Auf jeden Fall haben die beiden sich gekannt“, bestätigt ihre Mutter. „Aber ob sie befreundet waren …“ Sabine Herold wiegt den Kopf bedächtig hin und her. „Tja, also … Das weiß ich leider nicht“, fährt sie fort und jetzt ist ihre Stimme ganz wisper-flüsterleise. „Ehrlich gesagt, weiß ich nicht einmal, seit wann genau wir Tante Lorelai eigentlich schon kennen und wie sie in unsere Familie geraten ist.“

Alina schluckt.
Plötzlich ist ihr ganz komisch zumute.
Sie schlingt ihre Arme um Elmar
und drückt ihn fest gegen ihren Bauch.

„Können wir nicht lieber mit euch nach Italien fahren?“, presst sie hervor.
„Das geht leider nicht“, sagt ihr Vater.
„Und wieso nicht?“, fragt Jannis.
„Weil es dort für Kinder viel zu gefährlich ist“, erwidert Bernd Herold.

Alina beugt sich weit nach vorn, damit sie ihm ins Gesicht schauen kann, und sieht, wie sich seine Mundwinkel zu einem Schmunzeln verziehen.
„Gar nicht“, sagt sie und knufft gegen die Rückenlehne des Beifahrersitzes. „Ihr wollt ja bloß alleine Urlaub machen. Ohne uns!“, setzt sie schmollend hinzu.
„Das stimmt nicht ganz.“ Bernd Herold dreht sich zu Jannis und Alina um. „Wir fahren sehr gerne mit euch in den Urlaub. Und das machen wir ja auch später noch. Aber zuerst wollen Mama und ich auf Erwachsenenreise gehen.“
„Weiß schon“, brummt Jannis. Er kreuzt die Arme vor der Brust und blickt finster vor sich hin. „Stundenlang durch blöde Museen latschen und doofe alte Häuser und zusammengefallene Kolossi-Dingsbumsi angucken.“ Er verdreht stöhnend die Augen. „Totaaal langweilig!“

„Das findest du“, sagt sein Vater.
„Ich auch“, knurrt Alina.
„Mama und ich aber nicht“,
erwidert Bernd Herold.
„Und deshalb machen
wir das eben alleine.“

„Bei Tante Lorelai ist es für euch bestimmt viel spannender“, pflichtet Sabine Herold ihm bei. „Die alte Dame ist wirklich sehr, sehr lieb. Und ich glaube, sie hütet ein Geheimnis.“
Die Geschwister sehen sich an und Alina presst Elmar noch ein bisschen fester gegen ihren Bauch.
„Was denn für ein Geheimnis?“, krächzt sie.
„Tja, das haben Mama und Onkel Robert leider nie herausgefunden“, erklärt ihr Vater.
„Aber vielleicht schafft ihr das ja“, meint Sabine Herold. Sie reckt den Hals und zwinkert Jannis und Alina im Rückspiegel zu. „Tante Lorelai wohnt nämlich an einem ganz besonderen Ort.“
Alina schluckt. Das wird ja immer spannender!
„An was für einem Ort denn?“, erkundigt Jannis sich mit rauer Stimme.

„Tja, was glaubt ihr wohl?“, fragt sein Vater.
„Vielleicht in einem Schloss“, rätselt Alina. „Oder in einem dunklen Wald.“
„Hoffentlich nicht“, meint Jannis und pikst seiner Mutter mit dem Finger in die Schulter. „Jetzt sag schon!“
Sabine Herold lächelt. „Tante Lorelai wohnt in einer Windmühle“, flüstert sie.

„Oh, oh, oh!“
Alina zappelt aufgeregt mit den Beinen.
„Ist es noch weit?“, will sie wissen.
„Oh ja“, antwortet ihr Vater.
„Bis wir dort sind, müssen wir
noch eine ganze Weile fahren.“

Die alte Mühle

Flaffy Flitzekeks hockt auf dem Wellenkopf, an dem die vier riesigen Windmühlenflügel befestigt sind, und schaut in den Abendhimmel hinauf. Über ihm funkeln abertausend Sterne und zwei Mehlgeistlängen über dem Horizont steht stolz und erhaben die schmale, hell leuchtende Mondsichel. Tief unten in der kleinen Kammer rumpelt die alte Lorelai. Nachdem sie den ganzen Tag über jeden Winkel geputzt und gewienert hat, rückt sie nun die Möbel zurecht und bezieht die beiden Gästebetten mit hübscher rot-weiß karierter Wäsche. In der ganzen Mühle duftet es herrlich nach ihrem selbst gebackenen Pflaumenkuchen.

Auf den ersten Blick wirkt alles wunderbar friedlich. Aber ist es wirklich so?

Ein böiger Wind streicht durch die Pappeln hinter der Mühle und bringt ihre silbrigen Blätter zum Wispern. Hört! Hört!, scheinen sie einander zuzuraunen. Gebt acht, was geschieht! Oje! – Oh weh!

Flaffy schaudert.
Er reckt seine Nase in die Luft,
schließt die Augen und schnuppert.
Mehlgeister können sehr gut riechen.
Und auch diesmal entgeht Flaffy
dieser komische Gestank nicht.

Angefangen hat es vor ungefähr einer Woche, kurz nachdem der Himmel sich eintrübte und der Nieselregen einsetzte. Tags zuvor hat die Sonne noch strahlend schön und warm vom blauen Himmel geschienen. Die Mühlräder haben sich gedreht und die alte Lorelai hat ihre berühmten Backmischungen verkauft. Es sind viele Leute vorbeigekommen, haben im Mühlengarten Kaffee oder Brombeerlimonade getrunken und Kuchen gegessen. Die Vögel haben gezwitschert und aus dem Pappelwäldchen sind viele fröhliche Kinderstimmen zur Mühle herüber geschallt.
Dann ist der Regen gekommen und mit ihm dieser seltsame Gestank.
„Zum verkohlten Kürbiskuchen noch mal“, flucht Flaffy Flitzekeks leise. „Das geht doch nicht mit rechten Dingen zu.“

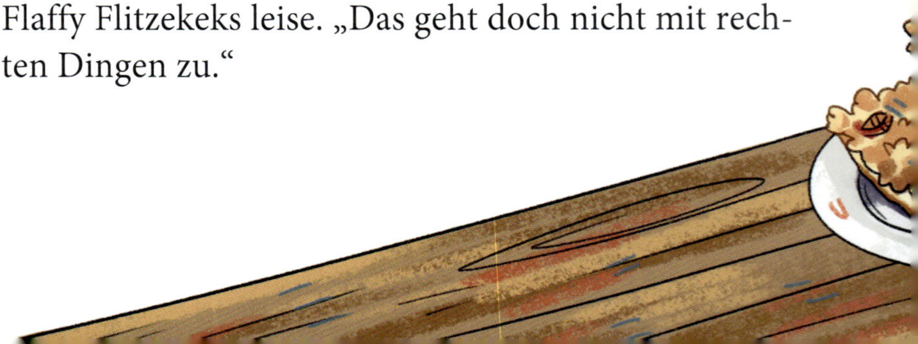

Er kraxelt bis ans Ende eines Mühlenflügels und schwingt sich von dort aus in die Küche.
Lorelai steht vor der Anrichte und nimmt ein großes Messer aus der Schublade. Schwungvoll schneidet sie den Pflaumenkuchen in lauter exakt gleich große Stücke, hebt sie vom Blech und stapelt sie auf einem großen ovalen Teller.
Flaffy schwingt sich auf die Anrichte, hockt sich neben den Teller und betrachtet die Kuchenstücke.

Lorelai legt das Messer zur Seite
und runzelt die Stirn.
„Flaffy?“, fragt sie dann. „Bist du das?“
Der kleine Mehlgeist
zieht eine Grimasse.
Woher weiß sie das bloß?,
überlegt er.
Sie kann mich doch gar nicht sehen.

„Ich rieche Pflaumenkuchen“, murmelt Lorelai und schnuppert in Flaffys Richtung. „Und etwas Angebranntes“, setzt sie naserümpfend hinzu.
Das bin ich nicht, denkt der kleine Mehlgeist.
Hastig macht er einen Satz rückwärts und stößt mit seinem Po gegen die Zuckerdose. Sie fällt um, der Deckel öffnet sich und ein weißer Puderzuckerregen ergießt sich über den Steinboden.
„Wusst ich's doch“, seufzt Lorelai. „Erst habe ich stundenlang die Mühle geputzt, damit Alina und Jannis sich hier wohlfühlen, und dann kommst du und stellst im Handumdrehen die alte Unordnung wieder her.
Du meinst wohl im Poumdrehen, denkt Flaffy. Aber das hast du wohl auch nicht gesehen.

Die alte Lorelai grummelt etwas Unverständliches. Sie öffnet die Tür des Putzschranks und holt einen Handfeger und ein Kehrblech heraus.

Nix da! Ich mach das!
Flaffy breitet seine Arme aus
und segelt einmal durch die Küche.

Dann steuert er auf den Zuckerhaufen zu.
„Juhuuu!", jubelt er und bleibt für ein paar Augenblicke mitten in der Luft stehen. „Ich liiieeebe alles, was weiß und pudrig ist!"
Im nächsten Moment lässt er sich fallen und plumpst mitten in die weiße Pracht hinein. Eine dichte Wolke aus Puderzucker steigt in der Küche auf.

„Flaffy, du ungezogenes kleines Gespensterdings …“, schimpft die alte Lorelai.
Weiter kommt sie nicht, denn der feine weiße Staub steigt ihr in die Nase und den Hals hinauf, sodass sie nun von einem heftigen Hustenanfall geschüttelt wird.
„Tut mir leid, tut mir leid, tut mir leid“, murmelt Flaffy.
Wie ein wilder Wirbelsturm wischwuscht er durch die Zuckerwolke und ehe man sichs versieht, ist die Küchenluft wieder klar und rein. Nicht einmal auf dem Fußboden ist das kleinste Krümelchen mehr zu finden.
„Siehst du, liebe Lorelai, alles weggeflaffelt!“, verkündet der kleine Mehlgeist und schlägt einen

Luftsalto. „Das hat Flaffy wieder einmal sehr gut gemacht“, lobt er sich selbst.
„Du denkst wohl, ich sehe dich nicht“, brummt Lorelai. Sie hustet noch ein letztes Mal, stellt Handfeger und Kehrblech in den Schrank zurück und durchbohrt den kleinen Mehlgeist geradezu mit ihrem Blick.

„Tu ich auch nicht“, fährt sie fort.
„Trotzdem weiß ich, dass du hier bist.“
Sie streckt ihren Finger aus
und zeigt genau auf Flaffy.
„Und jetzt sag ich dir mal etwas:
Heute Abend kommen Alina und Jannis
zu Besuch.

Die beiden Kinder werden eine Woche lang hier bei mir in der Mühle wohnen. Und während dieser Zeit wirst du dich ganz nach oben unters Dach verziehen und nicht eine einzige Sekunde hier unten in meiner Wohnung herumspuken. Haben wir uns verstanden?“
„Natürlich habe dich verstanden“, erwidert Flaffy. „Schließlich bin ich nicht taub. Und ich habe auch kein Mehl in den Ohren, falls du das denkst.“

Lorelai antwortet nicht, sondern guckt nur ziemlich streng.
Flaffy schneidet eine Grimasse. Er rollt mit den Augen und lässt seine Zunge flattern. Dabei behält er die Mühlenwirtin ganz genau im Auge. Zu guter Letzt steckt er sich die Finger in die Nasenlöcher und dehnt sie riesengroß, doch Lorelai verzieht keine Miene.
„Wusste ich's doch!", triumphiert der kleine Mehlgeist. „Du kannst mich weder sehen noch hören. Du spürst mich bloß … irgendwie." Und deshalb muss ich sehr, sehr vorsichtig sein, fügt er in Gedanken hinzu.
Natürlich ist Flaffy schrecklich neugierig. Abgesehen von ihren Wirtsgästen, die draußen im Garten Platz nehmen, empfängt die alte Lorelai nur selten Besuch. Noch nie sind Kinder im Inneren der Mühle gewesen. Na ja, zumindest ist es schon ewig lange her. Flaffy kann sich kaum noch daran erinnern.
Damals hat Lorelai ihn auch unters Dach verbannt und noch dazu die Bodenluke geschlossen. Flaffy ist zwar ein Geist, aber er kann es auf den Tod nicht ausstehen, durch Wände und Böden zu schweben. Manchmal kitzelt es nur, meistens jedoch fühlt es sich ziemlich schrecklich an.

Es kratzt und ruckt,
zwackt an den Zehen
und klingelt in den Ohren.
Danach ist Flaffy immer fix und fertig.

Nur ein ausgiebiges Bad in frisch gemahlenem Mehl gibt ihm seine Kraft zurück und macht ihn wieder munter.
„Oh, ich glaube, da sind sie schon!“, ruft die alte Lorelai plötzlich aus und eilt zur Tür. Ein brummendes Geräusch nähert sich der Mühle. Kurz darauf gleiten zwei gleißende Scheinwerferkegel über die Fensterscheiben und tauchen

die gemütliche Mühlenküche für einen Atemzug in helles Licht.

„Na, los, mach schon“, knurrt Lorelai. „Sieh zu, dass du unters Dach verschwindest!“

Sie wirft noch einen kurzen finsteren Blick in Flaffys Richtung, dann reißt sie die Tür auf und huscht hinaus.

„Ja, ja“, grummelt Flaffy.

Wie hatte sich die alte Lorelai eben ausgedrückt? „Sie wohnen bei *mir* in der Mühle.“ Ha! Nicht etwa bei uns! „Dabei habe ich schon hier gelebt, als dein Großvater noch Müller gewesen ist!“, ruft Flaffy der Mühlenwirtin hinterher. „Und da warst du noch nicht viel größer als der Pups eines Mehlgeists.“

„Ich gehe nicht unters Dach“, beschließt er.
„Ich werde mich verstecken
und alles im Auge behalten.“
Husch, husch saust Flaffy
auf den Küchenschrank hinauf.
Dort taucht er in einen Tonkrug ab.

Von draußen schallen aufgeregte Stimmen herein. Ein mit Koffern und Taschen bepackter Mann betritt die Küche, gefolgt von der alten Lorelai, einer jungen Frau mit lockigen Haaren, zwei Kindern und – Flaffy traut seinen Augen nicht – einem ziemlich zerzausten Mehlgeist! Er hängt im Arm eines kleinen Mädchens und macht einen äußerst schlaffen Eindruck.
Besorgt linst Flaffy über den Rand des Tonkrugs in die Küche hinunter.
Kein Zweifel – dieser arme Mehlgeist benötigt dringend Hilfe. Sobald sich die Gelegenheit bietet, wird Flaffy ihn aus dem Arm des Mädchens befreien und

für eine Weile in einen der großen, mit Mehl gefüllten Säcke stopfen, damit er möglichst schnell wieder zu Kräften kommt.

Der Mann schleppt die Koffer
und die Taschen ins Gästezimmer.
Die Frau und die beiden Kinder
setzen sich auf die lange Eckbank.
Lorelai stellt Teller, Gläser
und den Kuchen auf den Tisch.
Alle plappern fröhlich durcheinander.

Gestank in der Nacht

Jannis und Alina fühlen sich in der Mühle sofort wohl. Die Küche und die Zimmer sind urgemütlich und der Pflaumenkuchen, den Lorelai gebacken hat, schmeckt einfach köstlich.
Verstohlen mustert Alina die kleine alte Frau mit den störrischen, zu einem dicken Zopf geflochtenen, grauen Haaren und den unzähligen Lachfältchen um die Augen. Was für ein Geheimnis sie wohl verbirgt? Ob Jannis und sie es aufdecken werden? Alina wendet den Blick ab und sieht ihren Bruder von der Seite an. Genussvoll schmatzend und grunzend verputzt der nun schon das dritte Kuchenstück. Wegen Mamas Andeutungen über die alte Mühlenwirtin scheint er sich überhaupt keinen Kopf zu machen. – Typisch! Der fieseste Bösewicht könnte Jannis an der Nase herumführen – er müsste ihm nur etwas Leckeres zu futtern geben.
Leise seufzend pikt Alina das letzte Kuchenstück von ihrem Teller auf die Gabel und schiebt es sich in den Mund. Kauend guckt sie sich in der Küche um.

Es gibt einen altmodischen Herd,
auf dem ein großer Kessel steht.
In den Regalen stapeln sich Teller,
Töpfe und Pfannen.
Richtig toll findet Alina
den riesigen Küchenschrank.
Auch er ist mit allerlei Geschirr gefüllt.

Am besten gefällt Alina der große Krug mit dem hübschen Blumenmuster, der ganz oben drauf steht. Daran kann sie sich gar nicht sattsehen.

Doch halt! Was war denn das? Hat da nicht gerade etwas Weißes mit schokoladenbraunen Knopfaugen über den Rand gespäht?

Vor Schreck verschluckt Alina sich fast an ihrem Kuchenstück.

Hoffentlich war das keine Ratte. Aber sind die nicht eigentlich grau? Und sehr viel kleiner? Ängstlich umklammert Alina Elmar Eisbärs Ohr und kaut hastig ihren Bissen zu Ende.

Unterdessen hat Jannis sich ein viertes Stück Pflaumenkuchen von der großen Platte genommen. Dabei hat er eigentlich gar keinen Hunger mehr. Seine

Eltern und die alte Lorelai unterhalten sich über irgendwelche langweiligen Geschichten von früher. Am liebsten würde Jannis die Mühle erkunden.
Gleich hinter dem Küchenschrank führt eine schmale steile Holztreppe in die nächste Etage. Ob man dort wohl hinaufkann?

Jannis schaut Alina an.
Oje! Die sieht aber blass aus!
„Was ist los?“, wispert Jannis ihr ins Ohr.
„Ist dir schlecht?“
Alina schüttelt den Kopf.

Unauffällig deutet sie zum Küchenschrank.
„Da oben in dem großen Krug … da ist was“, flüstert sie.
Jannis schluckt. „Und was?“, haucht er.
„Weiß nicht“, erwidert Alina leise. „Eine riesige weiße Ratte … oder so was.“
„Bist du sicher?“, krächzt Jannis.
Wieder schüttelt Alina den Kopf. „Nein, aber …“
„Aber was?“
„Auf jeden Fall war es weiß“, antwortet Alina. „Und es hatte Augen, aus denen es zu uns herunter geguckt hat.“
Wie gebannt starrt Jannis zu dem hübsch gemusterten Krug hinauf. Bitte, bitte, guck noch mal!, fleht er im Stillen.
Sein Herz klopft ein wenig schneller und vor Aufregung wippelt er mit den Knien auf und ab.

„Das Geheimnis“, raunt er Alina zu.
„Welches Geheimnis?“,
fragt seine Schwester.
Dann schlägt sie sich mit der Hand
gegen die Stirn.
Natürlich! Jannis hat recht!
Jetzt ist auch Alina sich ganz sicher:

Ihr Bruder und sie sind gerade dem Geheimnis von Tante Lorelai auf die Spur gekommen!
Da es in der Mühle nur drei Betten gibt, müssen Alinas und Jannis‘ Eltern in der kleinen Wohnstube auf einer Luftmatratze übernachten. Gleich am nächsten Morgen, noch ehe die Sonne aufgegangen ist, wollen sie nach Italien weiterreisen.
„Ihr müsst uns aber wecken, bevor ihr losfahrt“, fordert Jannis, der so wie seine Schwester bereits bis zum Kinn unter der rot-weiß-karierten Bettdecke steckt.
Darauf besteht auch Alina.
„Wenn ihr uns nicht wachmacht, bin ich euch die ganzen langen Ferien böse“, schwört sie.
„Das hältst du doch niemals durch“, meint ihre Mutter

lächelnd und drückt Alina einen Kuss auf die Nase. „Aber wir wecken euch trotzdem. Versprochen."
Jannis wartet, bis seine Eltern die Tür der kleinen Gästekammer hinter sich zugezogen haben, dann schlüpft er zu seiner Schwester ins Bett.
„Ich glaube, von der Treppe aus kann man auf den Schrank gucken", sagt er. „Vielleicht sogar bis in den Krug hinein."
„Was da wohl ist?", überlegt Alina.
„Bestimmt keine Ratte", erwidert Jannis.
„Sondern?", fragt Alina. Ihre Stimme zittert ein bisschen.
„Irgendetwas anderes. Vielleicht ein Monster oder so …", spekuliert Jannis.
„Sobald Mama, Papa und Lorelai schlafen, schauen wir nach. Okay?"

Alina nickt beklommen.
„Hast du denn gar keine Angst?“,
will sie wissen.
„Nein“, sagt Jannis mutig.

Es ist ein klitzekleines bisschen geschwindelt. Bereits die Vorstellung, im Dunkeln die Treppe hinaufzusteigen und in den Krug zu spähen, jagt ihm eine Gänsehaut über den Rücken, – was er natürlich niemals zugeben würde! Bestimmt hat Alina noch mehr Muffensausen als er und Jannis möchte sich auf keinen Fall davon anstecken lassen. Wenn sie beide vor Angst schlotternd unter der Bettdecke hocken bleiben, kommen sie ja niemals hinter Tante Lorelais Geheimnis.
„Wie willst du denn herausfinden, ob Mama, Papa und Tante Lorelai eingeschlafen sind?“, fragt Alina.
„Ganz einfach“, gibt Jannis ein wenig ungeduldig zurück. „Sobald alles still ist.“
„Aber das ist es doch längst“, wispert Alina.
„Na jaaa“, sagt ihr Bruder gedehnt. „Fast.“
„Also …“ Alina hebt ihren Kopf an und lauscht in Richtung Tür. „Ich hör nix.“
Außerdem hält sie es für besser, sie schauen in den Krug, solange Mama und Papa noch nicht richtig

schlafen. Notfalls wären sie dann nämlich auf der Stelle wach. – Zum Beispiel, wenn das Monster über Jannis herfiele und Alina deswegen einen Schreikrampf bekäme. Schaudernd zieht sie Elmar in ihren Arm und knetet seine schwarze Knubbelnase. Das beruhigt Alina ein wenig.

„Wir warten noch eine Viertelstunde", bestimmt Jannis. „Sicher ist sicher."

„Na gut", sagt Alina und plumpst ins Kopfkissen.

Sie schaut zum Fenster hinüber.
Die Gardine ist ziemlich kurz.
Helles Mondlicht blitzt darunter hervor.
Es kriecht zu ihnen in die Kammer
und malt einen hellen Fleck
auf die Bettdecke.

Alina starrt stumm auf den Fleck, knetet Elmars Nase und wartet.

„Woher weißt du, wann die Viertelstunde um ist?“, fragt sie nach einer Weile.

Jannis antwortet nicht. Alina hört nur seinen leisen, gleichmäßigen Atem.

„Bist du etwa eingepennt?“, zischt sie ihm empört ins Ohr.

„Haltet ihn!“, stößt Jannis aus, und mit einem Ruck sitzt er kerzengerade im Bett.

„Spinnst du?“ Alina fährt ebenfalls hoch und presst ihm erschrocken ihre Hand auf den Mund. „Du weckst ja die ganze Mühle auf.“

Jannis guckt seine Schwester aus großen Augen an.

„Die Viertelstunde ist jetzt um“, beschwört Alina ihn. „Wir müssen nachsehen, was in dem Krug auf Tante Lorelais Küchenschrank ist.“

Zögernd lässt sie ihre Hand sinken.

„Okay“, sagt Jannis, schiebt seine Beine unter der Bettdecke hervor und tastet mit den Zehen nach seinen Puschen.

„Du bleibst besser hier“, sagt Alina zu Elmar. Sie legt ihn aufs Kopfkissen und drückt ihm einen Kuss auf die schwarze Knubbelnase. „Für Eisbären ist so ein Abenteuer viel zu aufregend.“

Sie wartet, bis Jannis an der Tür ist, dann schlüpft sie ebenfalls aus dem Bett und huscht ihm hinterher.

„Pssst!“, macht Jannis.
Er drückt die Klinke herunter,
zieht die Tür einen Spaltbreit auf
und lauscht in die Küche.
„Alles ruhig“, flüstert er
und öffnet die Tür nun ganz.
Doch plötzlich stutzt er.

„Was ist los?“, raunt Alina. Sie hebt sich auf die Zehenspitzen und späht ihrem Bruder über die Schulter. „Wieso gehst du nicht weiter?”
Jannis verzieht das Gesicht. „Irgendwas riecht hier komisch.“
„Kommt es vom Küchenschrank?“, will Alina wissen.
„Keine Ahnung.“ Jannis zuckt mit den Schultern. „Glaub nicht“, sagt er dann.
Jetzt merkt Alina es auch. Ein fauliger Duft steigt ihr in die Nase und setzt sich hartnäckig hinter ihrer Stirn fest. „Uääähǃ“, stöhnt sie. „Das riecht ja eklig. Wie schimmeliger Stinkekäse mit Rotzschleim.“
„Schsch!“ Mahnend presst Jannis einen Finger gegen seine Lippen. Schließlich deutet er zum Küchenfenster. „Das steht auf Kipp.“
Alina überlegt. „Glaubst du, der Gestank kommt von draußen?“
„Das werden wir gleich wissen“, antwortet Jannis.

Flugs tappt er zum Fenster hinüber.
Er drückt es zu und legt den Griff um.
Puh! Alina hält sich die Nase zu.
Es stinkt immer noch,
allerdings ist es jetzt
nicht mehr ganz so schlimm.

Das Geheimnis auf dem Küchenschrank

Natürlich riecht Flaffy es auch. Es ist das erste Mal, dass dieser fürchterliche Gestank in der Nacht aufzieht – und sich in der Mühle ausbreitet! Verflixt, verflucht und eingemehlt, irgendetwas ist hier faul, und zwar im wahrsten Sinne des Wortes!

Flaffy reckt seinen Kopf empor und lugt über den Rand des Kruges in die Küche hinunter. Zwei Dinge fallen ihm sofort ins Auge: das gekippte Fenster und die beiden Kinder in der Tür zur Gästekammer. – Uppsala!

Hastig flutscht der kleine Mehlgeist in die Tiefe des Kruges zurück.

„Dämlackdusseliger Döselblödkopf", murmelt Flaffy und wummert sich so fest mit dem Handballen gegen die Stirn, dass feiner Staub über ihm aufsteigt. Dieser dumme Stinkgestank hat ihm ja völlig das Gehirn vernebelt! Oder seit wann fürchtet sich ein Geist davor, von einem Menschen entdeckt zu werden?!

„Juhu!“, ruft Flaffy voller Übermut.
Wie eine Rakete schießt er
aus dem Krug hervor.
Der kleine Mehlgeist saust
bis zur Küchendecke hinauf.

Er fliegt eine Kurve, breitet die Arme aus und segelt breit grinsend in Richtung Küchenboden und schließlich auf die beiden Kinder zu.
„Aaaah!“, schreien Jannis und Alina.
Einen Moment lang stehen sie wie in den Fliesenboden gepflastert da, dann stolpern sie in ihre Schlafkammer zurück und knallen dem Mehlgeist die Tür vor der Nase zu.

Peng!
In letzter Sekunde
legt Flaffy eine Vollbremsung hin.
Entgeistert starrt er die Tür an.

„W-was w-war d-das?", stammelt Alina.
„Keine Ahnung", keucht Jannis. Er packt seine Schwester am Handgelenk, zieht sie hinter sich her zu seinem Bett und hebt die Decke an. „Los! Kriech da drunter."
„W-willst d-du nicht lieber erst mal a-abschließen?", erwidert Alina.
Ihre Knie schlottern so sehr, dass sie sich kaum noch auf den Beinen halten kann.
Jannis wirft einen Blick zur Tür und schüttelt den Kopf. Nicht auszudenken, wenn dieses komische weiße Dings genau in dem Augenblick, in dem er den Schlüssel herumdrehen will, die Tür aufstößt!
„Glaubst du, es war ein Gespenst?", krächzt er.
Alina schluckt. „Weiß nicht."
„Wenn es ein Gespenst ist, kann es einfach durch die Wand schweben und uns …"

Weiter kommt Jannis nicht.
Denn nun klopft es an die Tür.
„Mama?“, presst Alina hervor.
„Papa? Seid ihr das?“
„Ähm … nein, ich glaube nicht“,
antwortet eine dumpfe Stimme.

„Ich bin Flaffy … ähm, ein Mehlgeist. Ich wohne hier und würde euch gerne etwas fragen.“
Jannis und Alina sehen sich mit großen Augen an.
„Gleich wachen wir auf“, wispert Alina. „Ganz bestimmt. Und dann ist alles vorbei.“
„Nee“, sagt Jannis und deutet auf die Tür. „Ist es nicht.“
„W-was …?“
Alina klopft das Herz bis zum Hals, als sie ihren Blick dem ausgestreckten Zeigefinger ihres Bruders folgen lässt. Und dann sieht sie es auch: Die Klinke bewegt sich langsam nach unten.
Entsetzt presst Alina sich die Hand auf den Mund. Und nur einen Atemzug später sind Jannis und sie unter der Bettdecke verschwunden. Alina hält den Atem an und krallt ihre Finger so fest in Jannis‘ Unterarm, dass dieser fast aufgeschrien hätte.

Die Geschwister halten den Atem an
und spitzen ihre Ohren.
Ein leises Knarzen ertönt.
Oh weh! Oh weh!
Das muss die Tür gewesen sein!

„Hallo?“ Flaffy guckt sich verwundert um. „Wo seid ihr denn, ihr Kinder? Könnt ihr euch etwa unsichtbar machen?“
Der kleine Mehlgeist schwebt von einer Ecke in die andere. Er schaut auf dem Kleiderschrank, unter dem Tisch und hinter den Vorhängen nach. Danach inspiziert er die beiden Betten. Das linke hat eine dicke Beule in der Bettdecke. Komisch, denkt Flaffy. Ob die beiden sich dort versteckt haben?

Vorsichtig landet er auf der Bettdeckenbeule. Sie sackt unter ihm zusammen, und noch ehe Flaffy kapiert, wie ihm geschieht, stürzen die Kinder darunter hervor und fliehen in die Küche.
„Hui, das ist ein lustiges Spiel!“, jubelt Flaffy und fliegt ihnen hinterher.

„Elmar!“, ruft Alina.
„Er ist ganz allein im Zimmer.
Wir müssen ihn retten!“
Sie wirbelt herum

und will gerade zurücklaufen, da saust das Gespenst in sie hinein.
Eine dichte Mehlwolke steigt über ihr auf.
Kichernd kratzt Flaffy sich hinter den Ohren, an der Nase und am Bauch.
„Hihihi“, kichert er. „Du bist ja total kitzelig.“
Alina, die gerade loskreischen wollte, klappt ihren Mund wieder zu.
„Das stimmt nicht“, erwidert sie empört. „Ich bin überhaupt nicht kitzelig.“
„Doch, doch, doch“, behauptet Flaffy glucksend.

„Überall, wo ich in dich eingetaucht bin, juckt es ganz fürchterlich."

„Pfff!", macht Alina. „Dann bist ja wohl du kitzelig und nicht ich!", gibt sie voller Entrüstung zurück.

Jannis sieht verdattert zwischen seiner Schwester und dem weißen Gespensterding hin und her. „W-was geht hier eigentlich ab?", stammelt er. „W-wieso hast du keine Angst?"

„Ich habe nie Angst!", sagt Flaffy erbost. „Ich bin ein Mehlgeist!", stellt er klar und wirft sich mächtig in die Brust.

„Jannis meint mich", erklärt Alina. „Ich habe Angst." Sie zuckt mit den Schultern und mustert Flaffy von oben bis unten. „Dabei bist du eigentlich gar nicht besonders gruselig."

„Das stimmt nicht!", erwidert Flaffy und nun klingt *er* ziemlich wütend. „Ich bin sogar sehr gruselig."

Jannis schüttelt den Kopf.

„Bist du nicht“, entgegnet er.

„Mein Bruder hat recht“, sagt Alina.

Sie nickt eifrig. „Du bist voll süüüß!“

„Bin ich nicht!“, knurrt Flaffy.

„Hihihi“, kichert Alina. „Bist du wohl!“

„Du siehst genauso aus wie Elmar“, setzt Jannis hinzu und hält sich den Bauch vor Lachen.
Auf Flaffys Stirn bildet sich eine Zickzackfalte. Missbilligend wandert sein Blick von Jannis zu Alina und wieder zu Jannis zurück.
„Wer ist Elmar?“, murmelt er. „Und wieso könnt ihr mich sehen? Schließlich bin ich ein *Mehlgeist*“, betont er. „Die alte Lorelai …“
Flaffy gerät ins Stocken.

Jannis hört auf zu lachen und setzt eine ernste Miene auf. „Was ist mit ihr?", will er wissen.
„Och, nix", antwortet Flaffy hastig, und schwuppdiwupp segelt er in die Gästekammer hinüber. Er steuert auf Alinas Bett zu und schnappt sich den weißen Plüschgeist, der hinter dem Kopfkissen hervorlugt. „Jetzt weiß ich, warum ihr mich sehen könnt", triumphiert er und wirbelt Elmar, den Eisbären, hoch in die Luft. „Ihr seid Gespensterjäger! Bestimmt habt ihr auch diesen fürchterlichen Gestank mit hierhergebracht!"
„Quatsch!", sagt Jannis und tippt sich an die Stirn. Unterdessen fliegt Elmar bis fast zur Zimmerdecke hinauf und fällt dann mit einem dumpfen Klatscher auf den Boden zurück.

„Das ist kein Mehlgeist", sagt Flaffy
und macht ein trauriges Gesicht,
„sondern ein Mehlsack.
Ihr habt meinen armen Freund verhext.
Aber ich werde ihn
von dem bösen Fluch erlösen."
„Neiiin!", brüllt Alina.

Sie macht einen Satz auf Elmar zu, doch Flaffy schnappt ihr den Eisbären vor der Nase weg. Der kleine Mehlgeist klemmt sich das Plüschtier unter den Arm und wuscht in die Küche hinüber.

Jannis und Alina hechten sofort hinter ihm her, doch ehe sie sich versehen, ist Flaffy bereits die Treppe hinaufgezischt und in der Dunkelheit des Mühlengebälks verschwunden.

„Was ist denn hier los?“, poltert da die Stimme ihres Vaters hinter ihnen los.

Jannis und Alina erstarren. Langsam drehen sie sich um.

Bernd Herold steht in der Küchentür und blinzelt sie aus erbsenkleinen Augen an. Sein Pyjama ist genauso zerknittert wie sein Gesicht und die Haare stehen ihm wild zerzaust vom Kopf ab. Er sieht aus, als würde er jeden Augenblick explodieren.

„Was schleicht ihr hier herum?“, zischt er.
„Mitten in der Nacht!“

Alina wirft ihrem Bruder einen verstohlenen Blick zu. Ganz bestimmt ist es besser, wenn sie Papa nichts von diesem komischen Mehlgeist erzählen. Wahrscheinlich wird er ihnen die Geschichte sowieso nicht glauben.

„Nix“, erwidert Jannis. „Wir hatten bloß Durst und …“

„Aha!“ Die Miene seines Vaters verfinstert sich noch mehr. „Und wer von euch hat gerade so laut gekreischt?“

„Ich“, sagt Alina. „Ähm … niemand“, verbessert sie sich hastig. „Das hast du bestimmt bloß geträumt.“

„Das glaube ich weniger“, brummt Bernd Herold, „und ich würde mich gerne darauf verlassen, dass ihr Tante Lorelai nicht auf der Nase herumtanzt, während Mama und ich in Italien sind.“

„Großes Indianerehrenwort“, verspricht Jannis und Alina hebt die Hand zum Schwur.

„Also gut“, sagt ihr Vater und deutet auf die Gästekammer. „Und jetzt aber husch-husch mit euch ins Bett!“

Schnell flitzen Alina und Jannis in ihr Zimmer zurück und kuscheln sich dicht aneinander unter Jannis‘ Decke.

„Hoffentlich tut dieser blöde Mehlgeist Elmar nichts“, flüstert Alina sorgenvoll.

Jannis nickt beklommen.

„Ob Tante Lorelai wohl von ihm weiß?“, überlegt er. „Vielleicht ist *er* ja ihr Geheimnis. Wow!“, setzt er stolz murmelnd hinzu. „Dann hätten wir es aber ganz schön schnell entdeckt, was?“

Alina seufzt. Tante Lorelais Geheimnis ist ihr gerade ziemlich wurscht.

Jannis drückt ihr tröstend die Schulter.

„Morgen suchen wir Elmar“,
sagt er mit fester Stimme.
„Und wir werden ihn finden!“
Das hofft Jannis jedenfalls.
Er schaut zum Fenster und schnuppert.
Der eklige Gestank ist verschwunden.
Die Luft riecht nun frisch und klar.

Ein seltsamer Gast

Als Alina und Jannis am nächsten Morgen die Augen aufschlagen, steht die Sonne schon hoch am Himmel und lässt ihre goldenen Strahlen über die karierte Bettdecke tanzen.
„Mist!", flucht Jannis. „Mama und Papa sind einfach abgehauen, ohne sich von uns zu verabschieden."
„Was?" Alina saust wie ein Stehaufmännchen vom Kopfkissen hoch und fällt vor Empörung fast aus dem Bett. „So eine Gemeinheit! Sie hatten es doch fest versprochen."
„Bestimmt war Papa tierisch sauer auf uns", meint Jannis zerknirscht.
„Ja, und?", brummt Alina. „Aber Mama doch nicht!" Mit einem Satz ist sie an der Tür und mit dem nächsten steht sie mitten in der Küche.

Jannis sprintet ihr hinterher.
„Guten Morgen, Kinder“,
begrüßt Tante Lorelai
die Geschwister fröhlich.
„Mögt ihr eine heiße Schokolade?“,
fragt sie. „Oder möchtet ihr lieber Saft?“

„Wo sind unsere Eltern?“, erwidert Jannis ungeduldig. „Jetzt? In diesem Moment?“ Lorelai wirft einen Blick auf die Küchenuhr, die neben dem Schrank an der Wand hängt. „Ich schätze mal, dass sie vor einer guten halben Stunde die italienische Grenze überquert haben“, setzt sie mit dem nächsten Atemzug hinzu.
Alina lugt die Treppe hinauf. Der Blick in die oberen Ebenen der alten Mühle ist durch eine hölzerne Luke verborgen.
„Dort geht ihr bitte nicht hinauf“, sagt Lorelai streng. „Das ist für Kinder viel zu gefährlich. Ich möchte mir von euren Eltern nicht vorwerfen lassen, dass ich nicht gut genug auf euch geachtet hätte.“ Sie mustert zuerst Alina und danach ihren Bruder durchdringend. „Haben wir uns verstanden?“
Jannis sieht seine Schwester an und nickt.

„Ja, klar“, presst er ein wenig undeutlich hervor. „Wieso haben Mama und Papa uns nicht geweckt?“, fragt er dann.

„Ihr habt so tief und fest geschlafen“, erklärt die alte Lorelai. „Da wollten eure Eltern euch nicht stören. Außerdem wärt ihr doch sowieso nur traurig gewesen und …“

„Das sind wir jetzt noch mehr“, fährt Alina dazwischen.

„Ach, meine Kleine!“
Über Lorelais Gesicht huscht ein Lächeln.
„In einer Woche
seht ihr euch doch schon wieder.
Du wirst dich noch wundern,
wie schnell die Zeit vergeht.“

Während Lorelai von vergangenen Zeiten erzählt, als die Mühle noch in Betrieb war, futtern Alina und Jannis stumm vor sich hin. Immer wieder linsen sie heimlich zur Luke hinauf. Sie brauchen unbedingt einen Plan, wie sie Elmar retten können. Doch daraus scheint vorläufig nichts zu werden.

„Eine Zeit lang befand sich dort oben ein kleines Museum", berichtet die alte Lorelai weiter und deutet zur Küchendecke. „Von dem Eintrittsgeld konnte ich ganz gut leben. Inzwischen sind die meisten

Leitersprossen so morsch, dass ich mich nicht einmal mehr selbst hinaufwage."

„Warum lässt du sie nicht reparieren?", erkundigt sich Jannis.

„Weil das viel zu teuer wäre", erwidert Lorelai. „Außerdem …" Sie bricht ab und schüttelt missmutig den Kopf.

„Was denn *außerdem*?", bohrt Alina nach.

„Nichts, was dich in irgendeiner Weise kümmern müsste, mein Kind", brummt die Alte. „Und zum Glück habe ich ja jetzt mein Sommercafé", fährt sie fort. „Gleich nach dem Frühstück könnt ihr mir beim Aufdecken helfen. Und danach geht es ans Kuchenbacken."

Doch zuerst wird das Geschirr gespült.
Jannis räumt Butter, Wurst und Käse
in den Kühlschrank.
Alina trocknet ab.
Dann geht es endlich nach draußen.
Die Sonne scheint warm
vom blauen Himmel herab.

„Heute kommen bestimmt viele Kaffeegäste“, freut sich Lorelai.
Gut gelaunt vor sich hin summend holt sie einen Stapel frisch gewaschener karierter Tischdecken aus dem Schrank und drückt sie Alina in die Hände. Jannis bekommt einen Eimer mit Putzwasser und einen Schwamm.
„Du wäscht alle Tische und Bänke sauber“, trägt Lorelai ihm auf. „Danach kann Alina die Decken ausbreiten und anschließend verteilen wir zusammen das Geschirr und die Speisekarten.“
Es dauert nicht einmal eine halbe Stunde und alle fünfzehn Tische sind fertig gedeckt. In einer riesigen Schüssel wird nun eine Menge Teig zubereitet. Sechs Kilo Mehl, fünf Kilo Zucker, fünfundzwanzig Eier und zehn Pakete geschmolzene Butter müssen verarbeitet werden. Zum Glück gibt es eine große Rührbesenmaschine, die diese Arbeit erledigt. Danach wird der Teig in kleinere Schüsseln verteilt und mit verschiedenen Zutaten verfeinert.
Mittags sind zwanzig Kuchen fertig gebacken. Es gibt: Zitronenrolle, Käsekuchen, Donauwellen und Heidelbeertorte mit Sahne.

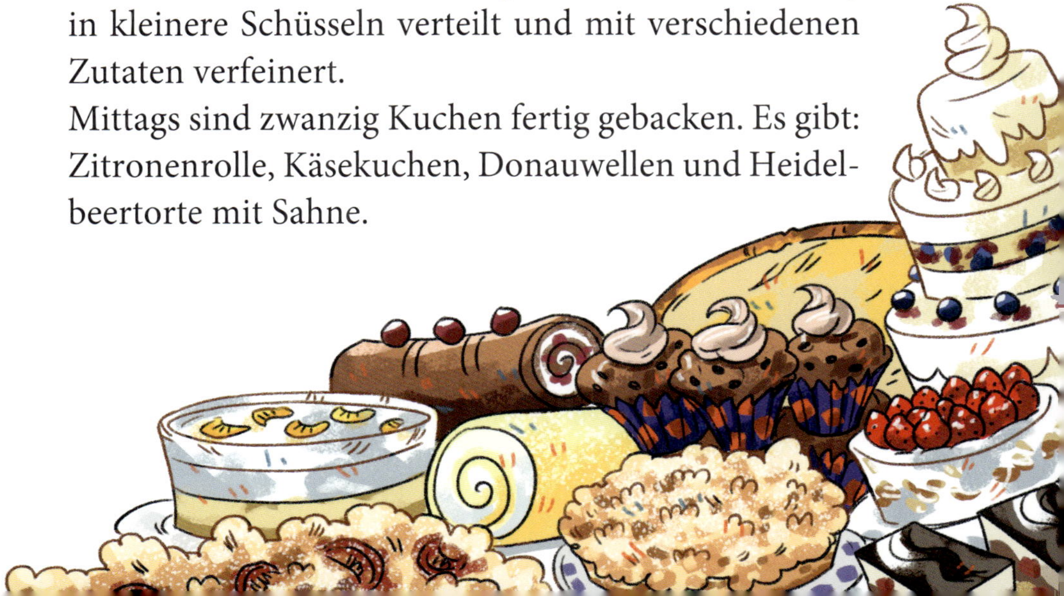

Lorelai kocht Nudeln mit Tomatensoße. Damit schlagen Alina und Jannis sich die Bäuche voll. Nachmittags kommen Sarah und Bine auf ihren Fahrrädern angedüst.

Sie helfen Lorelai, die Gäste zu bedienen.
Unterdessen hockt Flaffy hoch oben auf einem der Mühlenflügel und schaut auf das Treiben im Garten hinunter. Sarah, Bine, Alina und Jannis flitzen eifrig hin und her und versorgen die vielen Leute, die an den Tischen Platz genommen haben, mit Kaffee, Tee, Kuchen, Sahne, Saft und Limonade.
Munteres Geplapper und fröhliches Lachen flirrt ihm um die Ohren. Am Tisch ganz hinten rechts sitzen zwei ältere Damen in luftigen Sommerkleidern und unterhalten sich angeregt. Der Mann neben ihnen sieht komisch aus, findet Flaffy. Er trägt einen Anzug und eine Krawatte und passt überhaupt nicht hierher.
„Ich möchte bitte die Chefin sprechen“, knurrt er, als Sarah nach seinen Wünschen fragt.
„Einen Moment bitte“, erwidert die Kellnerin freundlich.

Sie verschwindet in der Mühle und kurz darauf erscheint die alte Lorelai und geht zögernd auf den Mann zu.
„Bitte sehr … Was kann ich für Sie tun?“, erkundigt sie sich höflich. „Möchten Sie, dass ich Ihnen etwas empfehle?“

„Nein“, knurrt der Mann.
Er ruckelt ungeduldig an seiner Krawatte.
„Ich möchte die Mühle kaufen.
Wie viel kostet sie?“
Lorelai schnappt überrascht nach Luft.
„Tut mir leid“, antwortet sie dann.
„Die Mühle ist mein Zuhause.
Ich verkaufe sie nicht.“

„Nun, das werden wir ja sehen."
Der Mann erhebt sich von seinem Platz und reckt die Brust heraus. Er stützt die Fäuste auf, kneift seine Schweinsäuglein zusammen und sieht Lorelai drohend an.
Die beiden Damen am Nebentisch verschlucken sich vor Schreck fast an ihrem Kuchen.

„Grrr!", faucht Flaffy.
Der kleine Mehlgeist qualmt vor Wut.

Zornentbrannt rutscht er den Mühlenflügel hinunter und landet direkt zwischen Kuchentellern und Kaffeetassen auf dem Tisch. Eine feine, fast unsichtbare Mehlwolke steigt auf. Die alte Lorelai bemerkt sie dennoch und reckt schnuppernd ihre Nase in Flaffys Richtung.
„Was fällt dir ein?", zischt sie leise.
„Meinen Sie etwa mich?", pflaumt der Mann im Anzug sie an.
Lorelai stemmt die Hände auf die Hüften und brummt: „Ja, Sie auch!"
„Machen Sie sich keine Hoffnungen", blafft der Mann. „So schnell werden Sie mich nicht los! Ich will diese

Mühle", brüllt er und fuchtelt wie wild mit den Händen in der Luft herum. „Und was ich will, bekomme ich auch. Und dann wird hier alles abgerissen und ein Touristenhotel errichtet, mit dem ich jede Menge Kohle scheffele."

„Ganz sicher nicht!", brüllt die alte Lorelai so laut zurück, dass sich sämtliche Gäste zu ihr umdrehen und Alina und Jannis erschrocken aus der Mühle geflitzt kommen. „Die Mühle ist unverkäuflich. Und das bleibt sie auch."

„Da ist er ja!“, stößt Alina hervor.
„Der Mehlgeist!“
Jannis nickt mit offenem Mund.
„Ich glaube, niemand kann ihn sehen“,
stammelt er. „Nur wir.“
„Seltsam“, murmelt Alina.

Noch merkwürdiger findet sie allerdings den schreienden Mann im Anzug. Und da geht es ihr nicht anders als Flaffy Flitzekeks. Der kleine Mehlgeist ist mittlerweile so wütend, dass er anfängt, angebrannt zu riechen.

Die Damen am Tisch rümpfen bereits die Nase.

„Was ist denn das hier für ein Saftladen!“, schimpft ein Mann weiter vorne. „Bieten Sie Ihren Gästen etwa verkohlten Kuchen an?“

Sofort springen auch ein paar andere Leute auf und eine Frau ruft aufgeregt ihre Kinder herbei.

„Ich möchte bitte zahlen! Hier kommen wir ganz bestimmt nie wieder her!“

„A-ber …“, stottert Lorelai. Sie ist schneeweiß im Gesicht.

Der Mann im Anzug grinst hämisch in sich hinein.
„Glauben Sie mir, Sie werden verkaufen", grunzt er zufrieden.
Alina sieht, wie er in seine Jackentasche greift, etwas herausholt und zu Boden fallen lässt. Anschließend dreht er sich auf dem Absatz um und rauscht unter schallendem Gelächter davon.

Fünf Minuten später
sind alle Gäste fort.
Die Hälfte der Kuchen
ist noch übrig.
Lorelai kämpft mit den
Tränen.
Und dann – ganz plötzlich –
fängt es wieder an zu stinken.

Falscher Geist und gute Düfte

„Daran ist nur dieser blöde Geist schuld!“, schimpft Lorelai „Er hat hier schon sein Unwesen getrieben, als mein Großvater noch lebte. Und jetzt vertreibt er mit seinem Gestank auch noch all meine Gäste!“
Sie sinkt auf die Küchenbank und tupft sich mit einem Taschentuch die Augen trocken.
„A-aber …“, fängt Alina an zu stammeln, da drückt Jannis ihr seinen Ellenbogen in die Seite. Halt bloß die Klappe, soll das heißen, und seine Schwester verstummt auf der Stelle.
Lorelai lässt ihre Hand mit dem Taschentuch sinken und mustert die beiden Kinder forschend.
„Das ist natürlich Unsinn“, meint sie schließlich. „Es

gibt keine Geister. Das wisst ihr so gut wie ich. Aber manchmal brauche ich einfach jemanden, auf den ich schimpfen kann. So, und jetzt stellen wir die Kuchen in die kühle Speisekammer und freuen uns auf morgen", setzt sie energisch hinzu, knüllt das Taschentuch zusammen und stopft es in ihre Kitteltasche.
Bine und Sarah sind bereits nach Hause gefahren und so müssen Lorelai, Jannis und Alina alles alleine aufräumen. Während die alte Mühlenbesitzerin sich drinnen um die Kuchen und Torten kümmert, sammeln die Geschwister draußen das schmutzige Geschirr und die Tischdecken ein.
Mit einem komischen Gefühl im Bauch tappt Alina auf den Tisch zu, an dem der Anzugmann gesessen hat. Je näher sie ihm kommt, desto fürchterlicher stinkt es.

„Üäääh!" Jannis hält sich die Nase zu.
„Komm bloß weg da!", ruft er.
Alina schüttelt den Kopf.

„Der Mann hat hier etwas hingeworfen", erwidert sie.
„Bestimmt war das eine Riesenstinkbombe."
Sie und ihr Bruder laufen dreimal rund um den Tisch

herum und suchen den Boden ab, können dort aber nichts Ungewöhnliches entdecken.
„Muss wohl eine Geisterstinkbombe gewesen sein“, murmelt Jannis.
„Oder eine, die sich in Luft auflöst“, meint Alina seufzend.
Hastig schleppen sie das Geschirr und die Tischdecken in die Mühle und schließen Tür und Fenster. Der Gestank ist wirklich kaum zu ertragen.
„Hoffentlich verzieht er sich bis morgen“, grummelt Lorelai und wirft einen zornigen Blick zur Luke über der Treppe. Sonst werde ich mir etwas einfallen lassen, wie ich dich loswerde, Flaffy Quälgeist, fügt sie im Stillen hinzu.
Ja, ja, ja, denkt Flaffy, der auf der anderen Seite der Luke hockt und durch die Ritzen in die Küche hinunterspäht. Wo soll ich denn hin, wenn du mich nicht mehr hier haben willst?, überlegt er traurig. Ich hab doch nur dieses eine Zuhause. Natürlich hat auch er dieses komische Ding gesehen, das der Anzugmann aus seiner Jackentasche gezogen und einfach ins Gras fallen gelassen hat. Eklig grün und glibberig ist es gewesen. Und als es am Boden lag, wurde es kleiner und immer kleiner, bis es schließlich ganz verschwunden war und sich dieser fürchterliche Gestank ausgebreitet hat.

„Klare Sache“, grummelt Flaffy.
Der Anzugmann will die alte Lorelai
aus der Mühle vertreiben
und ein blödes Hotel daraus machen.
Der kleine Mehlgeist ballt die Fäuste.
„Aber nicht mit mir!“

Flaffy beschließt, mit Alina und Jannis zu reden. Gleich heute Nacht. Zu irgendetwas muss es doch gut sein, dass diese Kinder ihn sehen können!
Nachdem die Kuchen verpackt und verstaut sind, bereitet Lorelai das Abendbrot zu, doch Jannis und Alina sind so müde, dass sie kaum einen Bissen herunterkriegen. Eine halbe Stunde später liegen sie bereits in ihren Betten.
Alina kuschelt sich in ihr Kissen und gähnt herzhaft. „Hoffentlich kommt dieser gemeine Anzugmann nie

wieder“, murmelt sie im Einschlafen. Ein weicher Wattenebel breitet sich in ihrem Kopf aus. Es ist so gemütlich und warm … Aber dann – ganz plötzlich – schreit jemand: „Elmaaar!“ und Alina stürzt in die Tiefe.

Mit einem Ruck ist sie hellwach.
Im Zimmer ist es beinahe stockdunkel.
„Pssst“, macht Jannis.
Er sitzt auf ihrer Bettkante.
„Schrei doch nicht so!“

„Aber ich schrei doch nicht", protestiert Alina.
„Doch", beharrt Jannis. „Du hast total laut nach Elmar gerufen. Und davon bist du aufgewacht."
Alina starrt ihren Bruder an. Das Weiße in seinen Augen leuchtet ein bisschen unheimlich im Dunkeln.
„Ich hab Elmar vergessen", jammert sie. „Vor lauter Kuchenbacken, Anzugmann und Gestank habe ich gar nicht mehr …"
„Wir gehen jetzt in die Mühle hinauf und holen ihn", sagt Jannis entschlossen. „Wir müssen mit diesem frechen Mehlgeist reden."
Alina nickt eifrig. „Er muss mir Elmar zurückgeben."
„Ja", brummt Jannis. „Und er muss diesen gemeinen Anzugmann vertreiben. Ich weiß bloß noch nicht, wie."
Er zieht seine Schwester aus dem Bett und die beiden Kinder tappen zur Tür. Leise öffnet Jannis sie einen Spaltbreit. Alina lauscht in die Küche. Aus Lorelais Schlafkammer ertönt ein leises Schnarchen.
„Tante Lorelai schläft tief und fest", wispert Alina.
„Na, dann los!" Jannis zischt an ihr vorbei auf die Treppe hinter dem Küchenschrank zu.
„Warte!", raunt Alina.
Flugs huscht sie ihrem Bruder hinterher und schiebt ihre Hand in seine. Gemeinsam setzen die Geschwister ihren Fuß auf die unterste Sprosse.

Im selben Moment wird die Luke aufgerissen und etwas Weißes saust auf sie zu.

„Huuuiiih!“, macht es.
Alina unterdrückt einen Aufschrei.
Jannis muss lachen.
„Das ist doch bloß Elmar!“, kichert er.

Der Plüscheisbär segelt um die beiden herum und einmal im Kreis durch die ganze Küche, bevor er dicht neben den beiden Kindern auf dem Boden landet. Eine dicke Mehlwolke steigt auf und einen Atemzug später lugt Flaffy hinter Elmar hervor. Alina und Jannis müssen husten.
„Was hast du mit ihm gemacht?“, fragt Alina vorwurfsvoll.
„Ich habe ihn eingemehlt“, erwidert Flaffy, „damit er wieder zu neuen Geisterkräften kommt. Leider hat es nicht geklappt. Dieser Mehlgeist ist mausetot. Er geistert nur, wenn ich ihn festhalte und für ihn huuuiiihuuue. Du kannst ihn gerne wiederhaben“, brummt er und drückt ihn Alina in den Arm.
„D-danke“, stottert sie verdutzt.
„Nee, nee“, sagte Jannis. „Ich glaube, ich hab da eine

Idee, wie wir dem Anzugmann einen schönen Schrecken einjagen können."
„Oh ja!", ruft Flaffy begeistert. „Über den wollte ich sowieso mit euch reden. Leider kann er mich nicht sehen und deshalb kann ich ihn leider auch nicht erschrecken."

„Doch, das kannst du", meint Jannis.
„Und zwar mit Elmars Hilfe."
Alina runzelt die Stirn.
„Kapier ich nicht", entgegnet sie.
„Ist doch ganz einfach", sagt Jannis
und flüstert ihr seinen Plan ins Ohr.
Alina grinst und reckt den Daumen.
„Super Einfall!", jubelt sie.

Flaffy, der natürlich auch Flüsterworte hören kann, ist sofort Feuer und Flamme. Er schnappt sich den Plüscheisbären zurück und schwebt zur Luke hinauf. „Bis morgen!“, ruft er und winkt Jannis und Alina zu. „Das wird ein Spaß!“

Kichernd flitzen die Geschwister in ihre Kammer zurück. Sie sind so aufgeregt, dass es eine ganze Weile dauert, bis sie einschlafen können.

Am nächsten Morgen scheint wieder die Sonne. Der fiese Gestank hat sich verzogen und so decken Lorelai, Alina und Jannis gleich nach dem Frühstück voller Hoffnung die Tische im Mühlengarten.

„Heute müssen wir es alleine schaffen“, erklärt Lorelai den Kindern. „Ich habe Bine und Sarah gesagt, dass sie zu Hause bleiben sollen. Ich glaube nämlich nicht, dass viele Gäste kommen.“

Trotzdem holen sie alle Kuchen aus der Speisekammer. Lorelai setzt Kaffee auf und kocht eine große Kanne Pfefferminztee. Immer wieder schaut sie nervös zum Fenster hinaus und auch Jannis und Alina tauschen ein ums andere Mal einen angespannten Blick.

Und dann, pünktlich um kurz nach drei, steht der erste Gast im Mühlengarten. Es ist der Anzugmann!

„Ausgerechnet der!“, brummt Lorelai und stapft nach draußen.

Alina und Jannis laufen ihr eilig hinterher.
„Und?“, donnert der Anzugmann und nestelt an seiner Jackentasche herum. „Verkaufen Sie mir die Mühle nun endlich?“
Die alte Lorelai schüttelt energisch den Kopf. „Auf gar keinen Fall!“

„Deine blöde Stinkbombe kannst du stecken lassen!“, knurrt Jannis.

„Was redest du denn für einen Unsinn!“, meckert der Anzugmann los. „Ich habe doch keine Stink… ähm, ich würde doch niemals …“

„Nee … nie“, sagt Jannis und schüttelt den Kopf. „Ist klar!“

Da kreischt Alina plötzlich los.
„Da! … Da! … Da! Ein Geist!“
Sie zeigt zum Mühlrad hinauf
und macht extra große
und entsetzte Augen.

„Huuuiiih-Huuuh!“, johlt Flaffy mit seiner gruseligsten Gruselstimme.

Knarzend fängt das Mühlrad an sich zu drehen.

„Was ist denn hier los?“, stammelt der Anzugmann und macht panisch einen Schritt rückwärts. Wie gebannt hält er seinen Blick auf das Mühlrad gerichtet.

Da löst sich etwas Weißes von einem der Flügel und flattert direkt auf ihn zu. „Huuuiiih-Huuuh!“, jault Flaffy.

Er hält Elmars Vordertatzen fest umklammert. Mit Alinas Plüscheisbären voran saust er dem Anzugmann direkt vor die Brust. – Paff!

„Aaah!“, schreit der. „Hilfeee! Ein Geist! … Rette sich, wer kann!“

Er wirbelt herum, und dann rennt er so schnell davon, als wäre ein schreckliches Monster hinter ihm her.

„Hahaha!“, prustet Jannis los, als der Anzugmann nur noch als kleiner schwarzer Punkt durch die Landschaft hüpft.

„Der Blödmann hat Angst vor einem Stofftier!“, gackert Alina.

Lorelai stemmt ihre Hände in die Taille. „Würdet ihr mir bitte mal verraten, was hier vor sich geht?“, erkundigt sie sich. „Von wo kam denn der Plüschbär auf einmal angeflogen?“

„Keine Ahnung!“, rufen Jannis und Alina wie aus einem Mund.
„Juhuuu!“, jubelt Flaffy
und wirft Alina ihren Eisbären zu.

Er freut sich so sehr, dass er nach Schokokuchen duftet. Und nach Mandelschnitten und Brombeerstreusel. Der köstliche Kuchengeruch steigt in die Lüfte und umweht das Mühlrad, das sich wie durch Mehlgeisterhand in Bewegung setzt und den herrlichen Duft in alle Winde verteilt. Schon nach wenigen Minuten tauchen die ersten Wanderer auf, lassen sich an den Tischen nieder und bestellen Kaffee und Kuchen.
Jannis reckt seinen Daumen zum Mühlrad hinauf.
„Super gemacht, Flaffy!“, ruft er.
„Moment mal …“ Verdutzt guckt Lorelai Jannis und Alina an. „Ihr könnt Gespenster sehen?“
Alina zuckt mit den Schultern. „Die gibt es doch gar nicht, oder?“, erwidert sie grinsend.
„Tja, wer weiß das schon so genau“, murmelt Lorelai und zwinkert verschmitzt zum Mühlrad hinauf.

Jannis und Alina heben die Hände und schlagen lachend ein.

Da werden Mama und Papa aber staunen, wenn sie hören, wie schnell die Geschwister hinter das Geheimnis der alten Lorelai gekommen sind!

© Patricia Schröder

Patricia Schröder, 1960 im Weserland geboren, wuchs in Düsseldorf auf, studierte Textildesign und arbeitete einige Jahre in diesem Beruf. Als ihre Kinder zur Welt kamen, zog sie in den Norden zurück. Dort ließ sie sich mit ihrer Familie und einer Handvoll Tieren auf einer kleinen Warft nieder und fing an, sich Geschichten auszudenken. Patricia Schröder liegt besonders die Leseförderung am Herzen. Sie hat das Konzept „Erst ich ein Stück, dann du" entwickelt, um bei Kindern über das gemeinsame Lesen den Spaß an Büchern und Geschichten zu wecken.

Von Patricia Schröder sind in der Reihe „Erst ich ein Stück, dann du“ folgende Bücher erschienen:

Lisa rettet den Zauberwald (18106)
Schnitzeljagd in der Schule (18031)
Camillo, ein Hund macht Ferien (18073)
Kleines Pony, großes Glück (18022)
Ein Fall für Finn und Schörlock (17965)
Mia & Maxie – Beste Freundinnen halten zusammen (17835)
Ein Drachenfreund für Linus (17831)
Linus und der Drachen-Wettkampf (17984)
Nanuk – Ein kleiner Eisbär findet Freunde (17947)
Leo und das Mutmach-Training (17946)
Leni & Lotti – Ferien auf dem Ponyhof (17945)
Mirella und das Nixen-Geheimnis (17890)
Mirella und das magische Seepferdchen (17898)
Sophie im Land der Zauberponys (17834)
Rivalen auf dem Fußballplatz (17833)
Eine Burg für Ritter Rudi (17832)
Fibo – kleiner Fuchs, großer Held (17766)
Jakob und die Weltraumkicker (17380)
Nellies großer Auftritt (17377)
Lena und Tim – Abenteuerferien auf dem Hausboot (15735)
Aufregung im Ferienlager (15337)
3 Nixengeschichten (15948)
3 Fußballgeschichten (15344)
Klassiker für Kinder – Pinocchio (15346)
Klassiker für Kinder – Das Dschungelbuch (15345)
Linus und sein mutiger Drache – Zwei Geschichten in einem Band (17488)

Erst ich ein S